VILLE DE LILLE

COMMISSION D'ASSAINISSEMENT DES LOGEMENTS INSALUBRES

RAPPORT

SUR LA PARTICIPATION DE LA COMMISSION

AU

Congrès International d'Hygiène de 1889,

PAR

Mᵉ P. THELLIER, Avocat.

LILLE
IMPRIMERIE L. DANEL
1890.

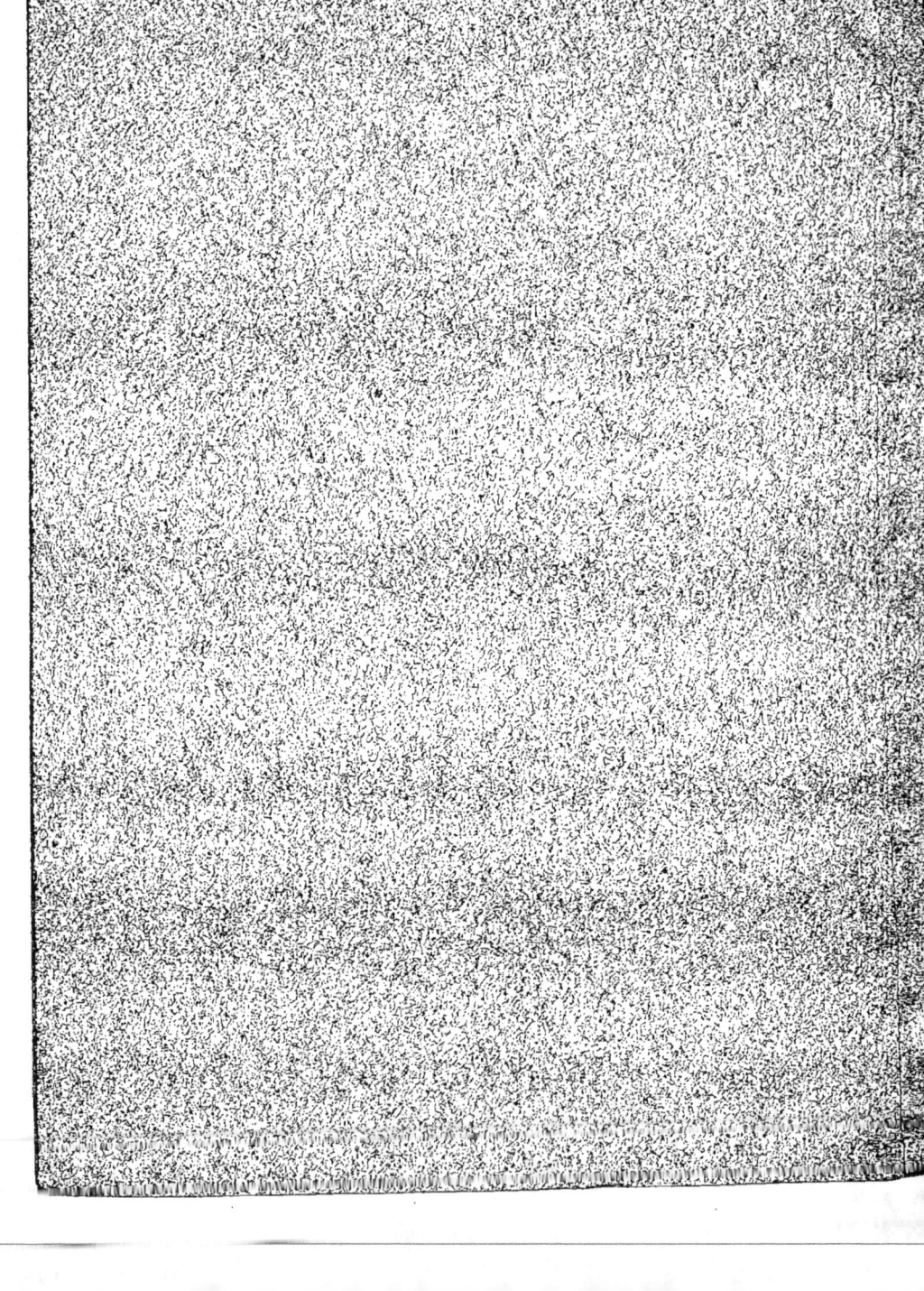

VILLE DE LILLE

COMMISSION D'ASSAINISSEMENT DES LOGEMENTS INSALUBRES

RAPPORT

SUR LA PARTICIPATION DE LA COMMISSION

AU

Congrès International d'Hygiène de 1889,

PAR

Mr P. THELLIER, AVOCAT.

LILLE
IMPRIMERIE L. DANEL.

1890.

Tc 48
57

Messieurs ,

Vous avez décidé l'année dernière que la Commission des logements insalubres de Lille serait représentée au Congrès international d'hygiène et de démographie tenu à Paris à l'occasion de l Exposition universelle de 1889 ; la délégation envoyée à cet effet à Paris se composait de MM. Faucher , président; Docteurs Bécour et Patoir, Cannissié et Thellier.

J'ai été chargé par cette délégation de vous présenter un rapport sur la part prise par elle aux travaux du Congrès ; je remplis aujourd'hui — bien tardivement — cette mission. Je m'excuse de ce retard , mais vous savez que j'ai dû attendre pendant très longtemps les documents, qui m'étaient indispensables pour la rédaction de mon rapport.

Le Congrès d'hygiène s'est ouvert le dimanche 4 août 1889, dans le grand amphithéâtre de la Faculté de Médecine de Paris, sous la présidence de M. le Professeur Brouardel, Doyen de la Faculté.

Je n'entreprendrai pas de vous relater ici les nombreuses questions qui ont été agitées au sein de ce Congrès, cette tâche serait trop longue et au-dessus de ma compétence. Je dois me borner à vous entretenir de celles qui nous intéressent particulièrement, c'est-à-dire, celles qui sont relatives à l'hygiène publique et rurale, et surtout à la législation des logements insalubres.

Je vous rappelle que parmi les questions mises à l'ordre du jour du Congrès, figurait la révision de la loi du 13 avril 1850, révision que, d'accord avec les Commissions qui fonctionnent en France, nous ne cessons de réclamer depuis de longues années.

Deux mémoires avaient été présentés au Congrès, l'un par M. Hudelo au nom de la Commission des logements insalubres de Paris, l'autre par M. Jourdan, Chef de bureau à la Préfecture de la Seine, l'auteur du remarquable traité que nous connaissons tous.

Ces deux rapports avaient un point commun : la loi de 1850 est insuffisante. Seulement, tandis que M. Hudelo y demandait des améliorations, M. Jourdan, lui, proposait un remède héroïque, la suppression des Commissions actuelles.

M. Jourdan tout en rendant un juste hommage à ces Commissions, aussi bien celles des départements que de Paris, constate avec regret qu'elles sont trop peu nombreuses. Sept ou huit à peine fonctionnent régulièrement. Cela tient d'abord, à son avis, à l'impossibilité, ou tout au moins à la grande difficulté que rencontreraient les Conseils municipaux dans la formation des Commissions, en raison de connaissances spéciales exigées pour l'accomplissement de nos fonctions; mais de plus, ajoute-t-il, et c'est là son principal argument, le mode de nomination des Membres de ces Commissions a le double tort de les rendre indépendants de l'Administration et à l'inverse, de les soumettre trop à l'influence du Conseil municipal.

Voici comment : n'étant ni nommés, ni rétribués par l'Administration, ils ne s'occupent de leurs fonctions qu'autant que leurs autres occupations le leur permettent, et d'autre part les Conseillers municipaux, voulant éviter tout ce qui de près ou de loin peut mécontenter les électeurs, se gardent soit d'organiser les Commissions, soit d'y faire entrer des hommes décidés à remplir leurs fonctions d'une manière rigoureuse, car cette rigueur retomberait sur eux, sous forme de rancune.

Or. continne M. Jourdan, ces inconvénients disparaîtraient si les Commissions étaient remplacées par des agents salariés, nommés par l'Administration, placés sous sa dépendance et devant par suite fonctionner d'une manière régulière sans interruption.

Il concluait donc à la suppression des Commissions insalubres, telles qu'elles existent aujourd'hui, et à l'organisation d'un service d'inspection, confié à des agents salariés choisis par les municipalités.

Cette proposition, développée avec talent par son auteur, n'a été appuyée lors de la discussion que par un seul membre du Congrès, d'après lequel, ce système employé dans l'Amérique du Nord y donnerait de très bons résultats.

Heureusement, nous avions au Congrès de chauds défenseurs, parmi lesquels il convient de citer en 1re ligne MM. Hudelo, docteur Perrin, docteur Du Mesnil et Deligny.

Ils n'ont pas eu du mal à démontrer, que les reproches adressés aux Commissions actuelles, quoique dissimulés sous un déluge de fleurs, n'étaient rien moins que fondés ; et que les membres qui les composent savaient consacrer à leurs fonctions tout le temps désirable, et que de plus ils étaient absolument indépendants, vis à vis, non seulement des simples particuliers, mais aussi de l'Administration.

Or on n'en pourrait évidemment pas dire autant d'agents nommés par le Maire, aux injonctions duquel ils seraient tenus d'obéir ; le résultat immédiat serait de faire accuser à chaque instant le Maire de partialité ou d'animosité, aussi bien dans le choix des agents que dans l'exercice de leurs fonctions, et c'est sur lui seul que pèserait, le cas échéant, la rancune des administrés au lieu de s'éparpiller comme aujourd'hui sur tout le Conseil mnnicipal à travers la Commission.

Au surplus, est-il bien vrai de dire que les Commissions actuelles soient mal vues de la population?

Il semble, au contraire, qu'elles sont aujourd'hui accueillies sans aigreur et leurs décisions acceptées sans trop de protestations.

Pour la ville de Lille tout au moins, l'affirmation est de toute justice.

Quant à l'argument tiré par M. Jourdan du petit nombre de Commissions qui fonctionnent, il suffirait de tenir la main à ce qu'il en soit institué partout conformément à la loi.

MM. Hudelo et autres se sont donc opposés nettement à l'adoption de la proposition Jourdan, à laquelle ils ont opposé la leur, ayant pour objet la révision de la loi du 13 avril 1850.

Cette loi, vous le savez, la seule qui régisse la matière, présente de nombreuses lacunes, et, à plusieurs reprises déjà, vous avez demandé qu'elle fût profondément modifiée.

Il me suffira, pour éviter d'entrer dans de trop longs détails, de vous rappeler qu'en 1887, la Commission de Lille a émis, sur le rapport de M. le docteur Bécour, le vœu :

« 1° Que lors de la discussion sur la révision de la loi de » 1850, la priorité soit accordée au projet émané de la » Commission des logements insalubres de Paris ;

» 2° Que cette loi soit mise à l'ordre du jour de la » Chambre des Députés dans sa plus prochaine séance ;

» 3° Que Rapporteur et Députés veuillent bien prendre » en considération les avis et documents des diverses Com- » missions des logements insalubres existant en France. »

Or, c'est précisément le projet de la Commission de Paris que M. Hudelo a présenté au Congrès et qui a été adopté à l'unanimité moins trois voix.

De ce chef donc, nos idées ont triomphé ; mais vous

nous aviez, en outre, donné pour mission d'indiquer quelques légères modifications au texte proposé par la Commission de Paris. Vous demandiez notamment :

1° Que l'on reconnût aux Commissions le droit de veiller non seulement à la salubrité, mais aussi à la sécurité des habitations de toute espèce (art. 1er) ;

2° Qu'elles fussent autorisées à visiter les établissements publics dans les mêmes conditions que les établissements privés (art. 2);

3° Que la mauvaise qualité de l'eau fût spécialement visée parmi les causes d'insalubrité relevées dans l'art. 3 ;

4° Enfin que dans l'art. 9, au cas où les propriétaires de maisons insalubres se refuseraient à exécuter les réfections ou réparations à eux imposées, l'interdiction à titre d'habitation fût substituée à l'exécution d'office.

Deux de ces desiderata n'ont soulevé aucune objection, ou plutôt on a fait observer que satisfaction leur était, dès à présent, donnée en raison de la généralité des termes des art. 2 et 3.

Les deux autres, au contraire, quoique très bien défendus par notre distingué collègue M. le docteur Bécour, n'ont pas été accueillis.

Le premier, relatif à la sécurité, a été combattu par les motifs suivants : Ces questions (de sécurité) sont trop graves pour que les Commissions de logements insalubres, qui ont à s'occuper principalement d'hygiène, puissent en connaître utilement. A Paris, a-t-on dit, quand un immeuble présente des dangers au point de vue de la construction, la Commission signale le fait au bureau compétent.

On veut, en un mot, que les Commissions se renferment strictement dans les limites de l'hygiène, et tout ce qui de près ou de loin peut créer un obstacle à l'adoption de la nouvelle loi doit être écarté, et c'est au nom de l'hygiène pure que la sécurité a été abandonnée par les hygiénistes.

En ce qui concerne le quatrième point, l'exécution d'office a été préférée à l'interdiction, parce que les causes d'insalubrité subsistent avec l'interdiction et peuvent devenir une cause de danger pour les maisons voisines.

Je dois ajouter, du reste, que la discussion générale avait eu lieu au Congrès avant notre arrivée, par suite d'une modification aux ordres du jour.

La discussion a été ensuite réouverte sur notre demande, mais en raison du manque de temps, elle a été écourtée et privée des développements qu'elle eût dû comporter.

Quoi qu'il en soit, nous estimons qu'il y a lieu de nous féliciter des résultats acquis au Congrès : il suffit, en effet, de connaître les termes du vœu adopté en séance plénière.

Le Congrès demande qu'une révision immédiate de la loi du 13 avril 1850 sur les logements insalubres soit effectuée par le Parlement, en prenant pour base le projet rédigé par la Commission des logements insalubres de la ville de Paris.

Il est permis d'espérer qu'à la suite de cette manifestation d'une assemblée essentiellement compétente, les Pouvoirs publics auront à cœur de la sanctionner sans plus tarder ; et quant à nous, nous aurons à examiner si, lors de la discussion devant les Chambres, il n'y a pas lieu de faire reprendre, sous forme d'amendement, ceux de nos desiderata qui n'ont pas été sanctionnés par le Congrès.

P. THELLIER.

Lu et adopté dans la séance de la Commission des logements insalubres du 26 juin 1890.

Le Président,

L. FAUCHER.

369

www.ingramcontent.com/pod-product-compliance
Lightning Source LLC
Chambersburg PA
CBHW061450170626
46811CB00005B/2448